O chupa-tinta

Para o pequeno Nº 6

O original desta obra foi publicado com o título
Le buveur d'encre
© 1996, Éditions Nathan, Paris – France,
pour la première édition,
© 2002, Éditions Nathan/VUEF, Paris – France,
pour la seconde édition,
© 2005, Éditions Nathan, Paris – France,
pour la troisième édition.
© 2006, Livraria Martins Fontes Editora Ltda.,
São Paulo, para a presente edição.

Tradução
Ana Paula Castellani

Preparação
Flávia Schiavo

Revisão
Eliane Santoro

Produção gráfica
Lívio Lima de Oliveira

Dados Internacionais de Catalogação na Publicação (CIP)
(Câmara Brasileira do Livro, SP, Brasil)

Sanvoisin, Éric
O chupa-tinta / Éric Sanvoisin ; ilustrações de Martin Matje ;
[tradutora Ana Paula Castellani]. — São Paulo : Martins, 2006. —
(Série Draculivro)

Título original: Le buveur d'encre.
ISBN 85-99102-40-0

1. Literatura infanto-juvenil I. Matje, Martin, 1962-2004.
II. Título. III. Série.

06-4401   CDD-028.5

Índices para catálogo sistemático:
1. Literatura infantil 028.5
2. Literatura infanto-juvenil 028.5

Todos os direitos desta edição para o Brasil reservados à
Livraria Martins Fontes Editora Ltda. *para o selo* ***Martins***.
Rua Conselheiro Ramalho, 330   01325-000   São Paulo SP Brasil
Tel. (11) 3241.3677   Fax (11) 3115.1072
info@martinseditora.com.br   www.martinseditora.com.br

ÉRIC SANVOISIN

O chupa-tinta

Ilustrações de Martin Matje

Tradução
Ana Paula Castellani

um

O esconderijo

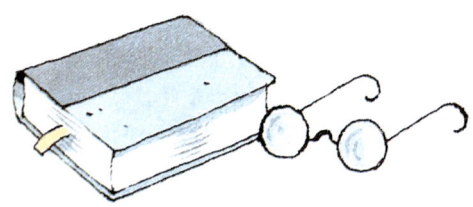

Papai é livreiro. Adora livros. Ele os devora. É um ogro. Lê o dia inteiro e às vezes até mesmo à noite. É uma doença incurável, mas isso não parece preocupar muito o médico de nossa família.

Toda noite uma nova pilha de livros desembarca em casa. Há livros por toda parte, até no banheiro. Uma invasão. Impossível reclamar. Para papai, os invasores sempre têm razão. Ele fala com eles como se fossem seres humanos. Inventa nomes para eles e os chama de meus livrinhos. Todos os livros são seus amigos.

Quanto a mim, não tenho amigos. E também não gosto dos livros. Por fora, pareço com papai. Mas por dentro, aí sim, somos dois estranhos.

Mamãe faz de conta que não percebe. Ela gosta de nós dois. Eu sou o menor, mas ela não me defende nem mesmo quando papai quer me forçar a ler, você acredita?

As férias acabaram de começar. Não sei o que fazer. Então ajudo papai na livraria. O que faço? Não muita coisa. Ele me proibiu de arrumar e até mesmo de tocar o que quer que seja. Parece que o papel não resiste muito a mim.

É verdade que adoro ouvir o barulho de uma folha se rasgando. É belo como um trecho de música.

Então observo os ladrões. É a única coisa que me diverte numa livraria. Quando um livro desaparece no bolso de um larápio eu não digo nada. Fico mais é contente. Um invasor a menos! Mas isso só acontece raramente. Em geral, papai detecta os ladrões no momento em que entram na loja.

A maior parte do tempo vigio os leitores. Conheço todos eles. Eles têm seus hábitos. Alguns farejam os livros como se estivessem escolhendo um queijo camembert. Outros se servem ao acaso. Eles adoram surpresas. A livraria é uma loteria! E também há aqueles que nunca conseguem se decidir. Pegam. Devolvem. Pegam de novo.

Por fim mudam de idéia e colocam o livro no lugar. Muitas vezes saem de mãos vazias, constrangidos por não terem comprado nada.

    Tenho um esconderijo, no fundo da loja. Uma pequena janela se abre no meio de uma parede de livros. Ninguém pode me ver. Sou um espião. Em um caderno, anoto nos mínimos detalhes o que observo. Um dia vou colocar tudo isso num livro, quem sabe? Mas isso me espantaria, pois a gramática e eu não nos entendemos.

    Ei!, um novo cliente. Esse eu não conheço. Nunca o vi no bairro. Talvez ele tenha acabado de se mudar. A cabeça dele é engraçada. A pele é cinzenta, sobrancelhas em rebuliço e um ar completamente perturbado. Então ele se entrega a uma curiosa manobra. Parece flutuar a dez centímetros do chão. Como um fantasma. Acho bizarro o comportamento dele.

Uuuuh!

dois
Cliente esquisito

Vi, com meus próprios olhos, o cliente desconhecido beber um livro. Não, não estou delirando. Durante cinco minutos, ele passeou entre as estantes. Com os olhos fechados, movimentava-se em silêncio, os braços estendidos à frente. Era como se escutasse o ruído dos livros.

Subitamente, pegou um livrinho e tudo ficou ainda mais louco.

Ele não o abriu. Apenas separou as páginas do meio e ali, na fenda que se formou, plantou um canudinho que acabara de tirar do bolso. Sua boca se pôs a aspirar. Em seu rosto havia satisfação, como se dentro do livro houvesse suco de laranja com pedras de gelo. É preciso dizer que estava muito calor; um clima não muito propício para se aventurar numa livraria.

Soltei um gritinho de estupefação. Eu sei, não deveria ter feito isso.

Ai! Acho que ele me ouviu. Ele colocou o livro no lugar, guardou seu canudinho e dirigiu-se para a saída.

Logo em seguida saltei de meu esconderijo para examinar o livro no qual o canudinho havia sido inserido. Não tive dificuldade para encontrá-lo. Estava mais fino que os outros e tinha uma consistência meio elástica. Ao levantá-lo, achei que era de uma leveza extraordinária. Se por acaso uma corrente de ar tivesse passado pela loja, ele teria sido levado por ela.

E, quando o abri, quase desmaiei. Estava vazio. Nas páginas não restava nem uma palavrinha.

O estranho cliente havia bebido toda a tinta do livro...

três

A perseguição

Não tive tempo de ficar com medo. Minha excitação era muito maior. Era preciso agir imediatamente. Eu estava certo de que o cliente esquisito nunca mais voltaria à livraria. Ele me ouviu e sabia que alguém o havia surpreendido bem no meio de sua degustação.

Eu podia escolher entre contar tudo a papai ou continuar sozinho a minha pequena investigação.

De todo modo, papai nunca acreditaria em mim. Conhecendo minha alergia à leitura, ele até seria capaz de me acusar de ter apagado as letras uma por uma. Então precipitei-me sobre as pistas do estranho leitor.

— Aonde você vai? — perguntou-me papai.

— Estou saindo!

Na rua, fui praticamente nocauteado pelo sol. Tive medo de ter me decidido tarde demais. O chupa-tinta havia desaparecido.

Escolhi ao acaso um lado da rua e comecei a correr. Ziguezagueando entre os transeuntes, percorri bem uns trezentos metros sem ver nada. Não, não e não! Não queria desistir. Desta vez alguma coisa fora do comum estava acontecendo na minha vida...

Então parei e acabei por notar o sujeito. Eu o reconheci com seu andar peculiar. Ele avançava rápido, sem mexer as pernas. Todo mundo se afastava com medo quando ele passava.

Atrás de uma árvore, recuperei o fôlego e segui os passos dele.

Foi assim que acabei indo parar diante do portão do cemitério...

quatro

No cemitério...
Brrr...

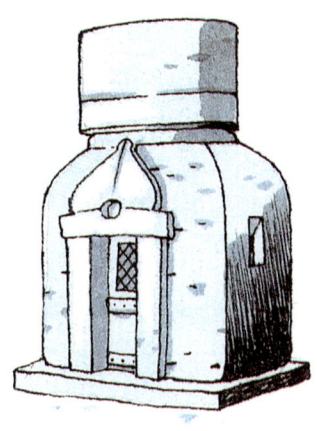

Eu estremeci mesmo sem querer. Cemitério não é lugar para crianças. Continuar poderia se revelar perigoso.

Mas continuei. Sou um 'homem' de ação, não um bibelô.

Meu suspeito havia se adiantado na alameda principal. Acelerei o passo para encurtar a distância que nos separava.

De repente, ele desviou por uma pequena alameda que seguia em diagonal. Foi o tempo de chegar ao cruzamento e não havia mais ninguém.

Um palavrão me escapou. Mas que inútil!

Como eu não queria que todo aquele caminho percorrido tivesse sido em vão, cerrei os dentes e me embrenhei entre os túmulos. Por toda parte, havia nomes e datas gravados. Eu não conhecia todas aquelas pessoas que repousavam sob a terra, mas me incomodava andar por cima delas. Eu estava com tanta pressa que não cumprimentei ninguém. Os mortos devem ter me achado bem mal-educado!

Um deles havia bebido o livro. Onde estaria escondido?

Não era todo mundo que tinha a chan-

ce de encontrar um vampiro. E era mais raro ainda descobrir um que sugava a tinta dos livros. Mas que sorte a minha! E quase me borrei de medo...

Ali!

Um estranho monumento se erguia no meio da alameda. Ele representava... um frasco de tinta! Inacreditável!

Meus joelhos bateram um no outro. Do lado de fora ainda estava claro, mas minha cabeça estava em total escuridão.

Como um autômato, empurrei o portão daquela cripta bizarra. Não estava fechado à chave. Uma escada afundava-se nas profundezas da terra. Desci os degraus em câmera lenta. Do teto pendiam teias de aranha que se colavam em meus cabelos. Brrr...

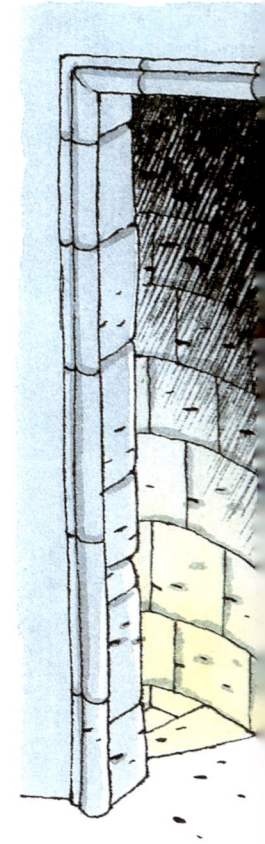

Embaixo havia uma salinha redonda cujas paredes eram recobertas de livros. Milhares de volumes se apertavam uns contra os outros como soldadinhos em posição de sentido. Estranha biblioteca. A despensa do monstro... Algumas velas iluminavam um caixão em forma de caneta-tinteiro, colocado em cima de cavaletes. Dentro dele... Muito bem, meu suspeito roncava.

Uma coberta escondia seu corpo. Apenas a cabeça estava visível, repousando sobre um grosso travesseiro de cetim. Sobre sua pele de papel machê, pequenas letras pareciam incrustadas como sardas. Aproximei-me para ver melhor.

Bruscamente, ele se ergueu e pôs seus olhos em mim; olhos fixos e injetados de tinta preta.

Meu sangue começou a ferver. De repente eu me senti mole como um ovo quente. Será que os vampiros gostam de comê-lo com pãozinho?

cinco
Vam... Vampiro!

Fiquei pregado no lugar, de tanto medo. Era impossível fugir. Minhas cordas vocais estavam todas frouxas. Era impossível gritar.

— O que te traz aqui, pequeno?

Sua voz era doce e sibilante. Precisava encontrar uma resposta inteligente bem rápido...

— Eu vim ver minha avó. Devo ter errado de porta.

— Sua avó mora neste cemitério?

— Não. Eu errei também de cemitério.

Ele grunhiu. Eu estremeci. Sua língua pontuda e ameaçadora, semelhante a um pedaço de mata-borrão, agitava-se entre os lábios.

— Você me seguiu, pequeno. Por quê?

De que adiantava mentir? Ele parecia ler meus pensamentos...

— O senhor bebeu um livro. Eu vi!

— Então essa é a razão de sua presença aqui. Você é bem imprudente. Sabe quem eu sou?

— Um vam... um vampiro.

— De fato. Você tem sorte de eu ter me tornado alérgico a sangue depois de consumi-lo por cinco séculos, senão...

Nem tentei imaginar o que ele queria dizer com isso.

— Por que o senhor engole tinta?

— Por causa de um problema no fígado que já dura setenta e dois anos. É o único alimento que passa. Além disso é nutritivo.

— Ah! Mas por que simplesmente não compra frascos de tinta? Se instalasse uma geladeira nesta cripta, poderia ficar bem tranqüilo dentro de casa.

— Não, pequeno. A tinta líquida é insossa. É como uma dieta sem sal. Por outro lado, a tinta que envelheceu no papel possui um sabor incomparável. É um verdadeiro deleite.

Torci o nariz. Um deleite? Fala sério!

— Não acredita em mim?

— Ah, sim, sim.

Comecei a recuar.

— Não, você não acredita. Pouco importa. Eu vou mostrar a você que gosto tem a tinta! Amanhã você vai entender...

Ele irrompeu como um diabo de seu caixão. No lugar dos dentes, possuía penas pontiagudas de caneta-tinteiro. Seu sorriso era ofuscante e tão próximo, tão próximo...

Um véu preto pousou sobre mim, docemente, como algodão.

seis

Hum! Delicioso...

Vampiros não existem. Ninguém bebe uma xícara de sangue no café da manhã e muito menos bebe tinta com um canudinho. Detesto pesadelos. Eles me fazem bater os dentes.

Acabei dormindo em meu esconderijo. A livraria logo iria fechar. Só restavam um ou dois clientes retardatários. Um forte formigamento no braço me fez acordar. Meus esforços para dissipá-lo foram em vão. Ele parecia vir de dentro do meu ser...

Para ter mesmo certeza de que havia sonhado, folheei alguns livros. Tudo estava bem. Eles estavam entupidos de texto. Voltei a cochilar no meu esconderijo. Uma fraqueza estranha deixava meu corpo pesado, pesado...

Papai fechou a porta da loja com duas voltas na chave. Claque-claque. Enfim em paz!

Que calma na loja. Eu me sentia maravilhosamente bem no escuro. E dizer que papai não tinha percebido nada! Claro que ele ia me procurar. Mas eu tinha coisa melhor a fazer do que ir para casa dormir.

Sabiamente alinhados em suas estantes, os livros me chamavam.

"Venha. Venha! Abra-nos!"

Era a primeira vez que eu desejava um livro.

"Venha. Venha! Folheie-nos!"

Em meu bolso havia um canudinho. Que sorte!

Hum! Delicioso...

O primeiro gole teve o efeito de uma descarga elétrica. Por mais estranho que pareça, eu estava comendo frases e estalando parágrafos nos dentes. Os livros eram um néctar dos deuses!

Mas o mais espantoso era que o sabor

que inundava minha língua variava conforme as palavras e as passagens do texto. Não era a tinta em si que eu absorvia, mas a aventura em estado puro.

Sobre um mar revolto, dois navios se afrontavam. Ao assalto! Os piratas, com um sabre entre os dentes, sorriam ferozmente. Eu não estava lendo o que acontecia, eu estava vivendo aquilo. Eu era o capitão dos corsários do rei e defendia bravamente minha pele.

De repente, me vi diante de um diabo com um tapa-olho e uma perna de pau. O terrível capitão Flint! Cruzamos nossas espadas. Fiquei esgotado. Meus braços não respondiam mais. Em um último esforço, joguei-me sobre meu adversário. Ele se esquivou. Então atirei-o ao mar...

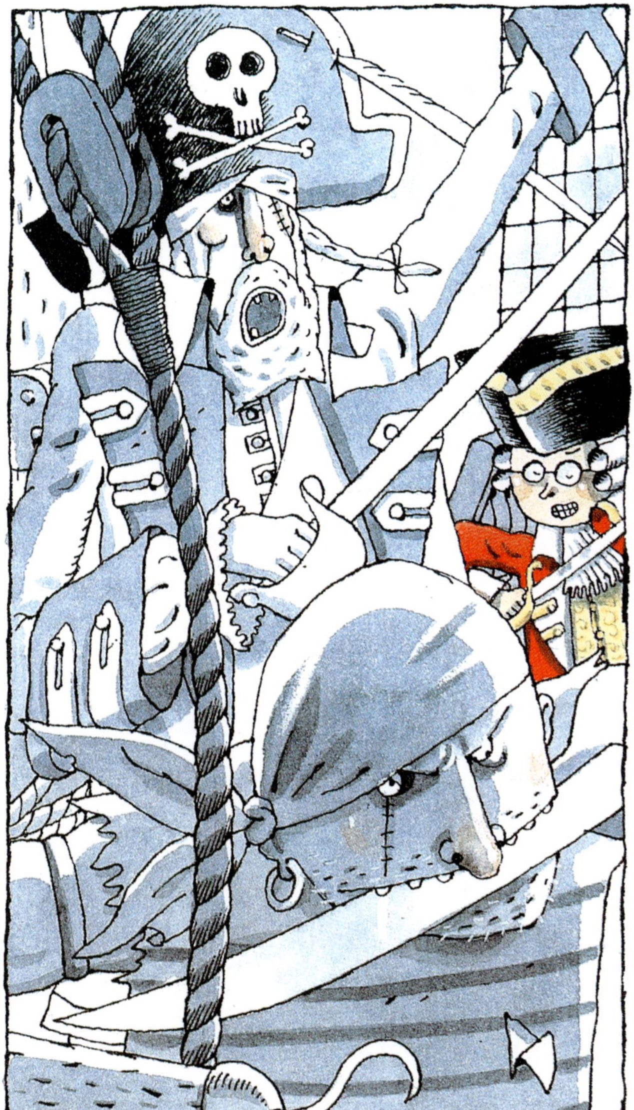

No momento em que eu aspirava as primeiras palavras do segundo capítulo, a luz se acendeu bruscamente. Engoli atravessado. Papai estava lá!

— Venha dormir, seu pestinha!

Ele não entendeu o que eu estava aprontando com o livro.

— Eu pedi para você ler os livros, não mastigá-los!

Percebendo o canudinho e a tinta que escorria em meu queixo, seu ar zangado desapareceu.

— Um cachorro te mordeu?

— Não exatamente...

Ele certamente achava que eu tinha contraído raiva. Eu o tranqüilizei garantindo que era chocolate. E ele acreditou em mim!

Todavia, ele não estava totalmente errado. Eu havia mesmo sido mordido, mas não por um cachorro. Quando desmaiei na cripta, o vampiro gravou o nome dele em meu braço com as penas que lhe serviam de dentes. *Draculivro*... De agora em diante, eu pertencia a ele. Eu me tornei um chupa-tinta. Então, pela primeira vez na vida, fiquei feliz por meu pai ser livreiro.

Sumário

um
O esconderijo 7

dois
Cliente esquisito 13

três
A perseguição 17

quatro
No cemitério... Brrr... 21

cinco
Vam... Vampiro! 27

seis
Hum! Delicioso... 33

Éric Sanvoisin

É um autor estranho: adora sugar a tinta da correspondência de seus leitores com um canudinho. Foi assim que ele teve a idéia de escrever esta história. Ele está convencido de que aqueles que lerem este livro se tornarão seus irmãos de tinta, assim como existem irmãos de sangue.

Martin Matje

Se existe um exercício que lhe causa antipatia é escrever uma biografia. Contar uma vida nunca é coisa divertida. Então não importa se é um pequeno livro ou um grande dicionário, esta biografia não tem nada de extraordinário!

1ª edição Agosto de 2006 | **Diagramação** Pólen Editorial
Fonte Times 16/21,5 | **Papel** Couche Reflex Matte
Impressão e acabamento Prol Editora Gráfica